蔡林阁

臧克家题

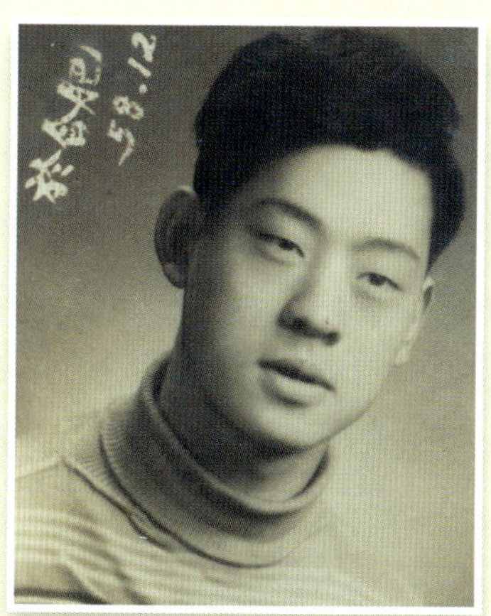

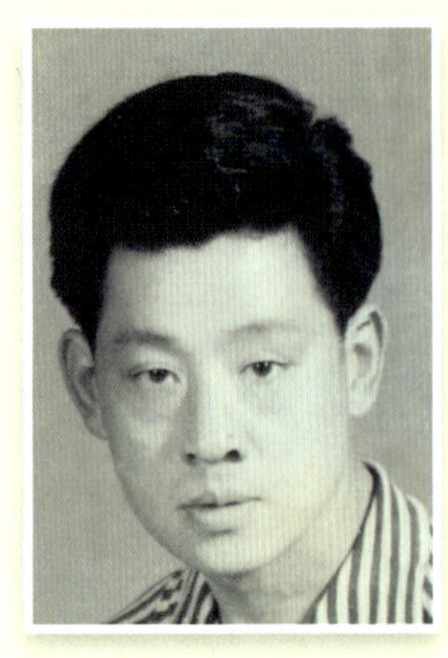

南京中山陵

全国重点文物保护单位
绍兴鲁迅故居
—三味书屋—
中华人民共和国国务院
一九八八年一月十三日公布

西湖美

看了戲集樣品
使我大為感動
金庸
二〇〇六 三、廿三

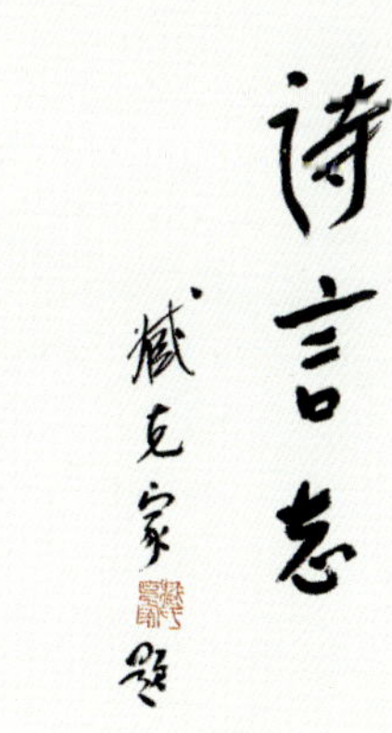
诗言志
臧克家题

中國·紹興
鵝池
二零一一年十一月二十八号
書法聖地·兰亭留影
紹興古城

天下第一関

雄心壮志
王一新

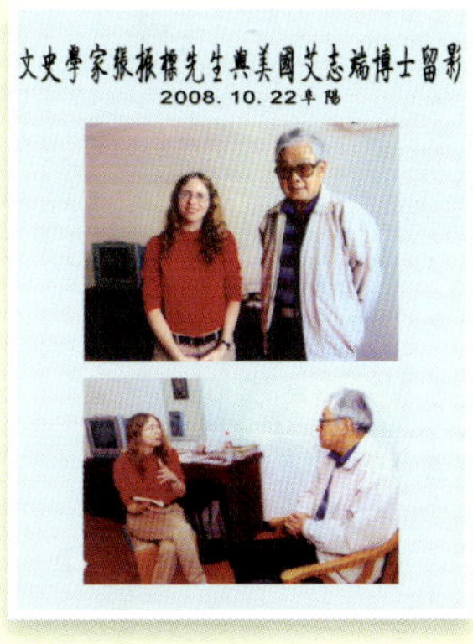

經多實踐思方壯，勘破浮名意自平。

七三年旧作七律中句

庚午春 姚雪垠

艺林阁诗集

张振标◎著

中国财富出版社

图书在版编目（CIP）数据

艺林阁诗集／张振标著．—北京：中国财富出版社，2016.9
ISBN 978－7－5047－6231－3

Ⅰ.①艺…　Ⅱ.①张…　Ⅲ.①诗集－中国－当代　Ⅳ.①I227

中国版本图书馆 CIP 数据核字（2016）第 186570 号

策划编辑　宋宪玲　　**责任编辑**　齐惠民　于晨苗
责任印制　何崇杭　　**责任校对**　杨小静　张营营　　**责任发行**　敬　东

出版发行　中国财富出版社
社　　址　北京市丰台区南四环西路 188 号 5 区 20 楼　　**邮政编码**　100070
电　　话　010－52227568（发行部）　010－52227588 转 307（总编室）
010－68589540（读者服务部）010－52227588 转 305（质检部）
网　　址　http://www.cfpress.com.cn
经　　销　新华书店
印　　刷　北京京都六环印刷厂
书　　号　ISBN 978－7－5047－6231－3/I·0222
开　　本　880mm×1230mm　1/32　　**版　　次**　2016 年 9 月第 1 版
印　　张　6　**彩　　插**　4　　**印　　次**　2016 年 9 月第 1 次印刷
字　　数　92 千字　　**定　　价**　36.00 元

序　言

我与振标先生相识是因为他的诗集要出版，他在新华通讯社工作的儿子把厚厚一叠手稿放在我桌上的时候，我首先被那工工整整的手写体吸引了。手稿是用黑墨软笔写在宣纸信笺上的，字体流畅、华丽，一股雅致的文化气息扑面而来。

大家都知道诗歌是文学宝库中的瑰宝，是语言的精华，是智慧的结晶，是思想的花朵，是人性之美的灵光，是人类最纯粹的精神家园。古今中外的诗人们，以其生花的妙笔写下了无数优美的诗歌。经过时间的磨砺，这些诗歌已成为超越民族、超越国别、超越时空的不朽经典，叩击着一代又一代人的心灵，给人们以思想上和艺术上的双重享受和熏陶。

振标先生属于业余创作，退休之前因为工作

关系经常出差，遍访与工作有关的一些老领导、老前辈、老作家等，并多有互动，与作家姚雪垠、陈登科，诗坛泰斗臧克家，书画家王一新、王益知，战争年代在安徽省阜阳市工作、生活过的孙晓村、张劲夫、王希克、庄重、张景华等老前辈、老同志均有书信往来。振标先生退休之后，经常带着老伴儿外出旅游，踏名山、访古刹，行万里路，咏山河秀，赞家国美，有感而发，书写情怀。诗里行间，或激情澎湃，或低吟浅唱，乐在其中。振标先生擅长五言、七言诗体，咏物言情，关切社会；有风花雪月，亦读史言志，颇有古渔樵之风。友人曾赠诗赞曰："追慕古人得高趣，别出心裁成一家。"

振标先生其实还是一位收藏大家，从 20 世纪 50 年代开始，集藏中外邮票、门票、名人字画、拓片、玉器、瓷器、青铜器，最主要的收藏还是古钱币，上自春秋战国下至民国近代，上千件藏品，小有成就。新华网、中央电视台以及很多地方媒体都专访报道过他的收藏故事，其名字多次被收入文化名人辞典。

不多说了，只有打开诗集并读之，才能走进振标先生那热爱生活、传承文化的情怀和意境之中……

尉成林

2016 年 5 月

（作者：中国文物学会收藏鉴定委员会秘书长）

目录 Contents

地方风物篇

翠　石

翠石如鼓置南窗，
四壁皆染书生香。
人生若水情如碧，
夕阳书斋更安详。

翠石欲滴自天然，
伴之案头陪人言。
休闲抄读无倦意，
艺林诗稿添佳篇。

注：四月二十二日无意流连古玩市场遇翠石一颗，购回与旧藏白玉座配套置于书房成趣天然。

翠 壶

翠壶先古盛鼻烟，
今留书屋景色添。
书案临窗增春意，
陶冶情操有古玩。

注：早于翠石觅得马来翠烟壶一只。

闲诗小抄四首

（一）忆童年

承恩门内戏竹马，
泉水岸边印泥花。
百忍堂前聆家训，
艺林鬓斑写朝花。

（二）黑龙潭

儿时潭岸戏荷灯，
周边日闻洗衣声。
绿柳碧波成新忆，
黑龙哀叹垃圾中。

（三）刘公祠

空祠又现刘公容，
华庵守门有后生。
妇道茹苦千古颂，
市保文物是虚名。

（四）胡　城

胡国古城临泉滨，
一声“血染”惜黎民[①]。
朗日钦查朱绂案[②]，
草民疾苦又相闻。

---

① 姚撰诗《过胡城》。
② 反腐倡廉中纪委查办肖王案。

庐山诗笺

（一）竹 门

松杉掩映竹门开，
翠竹摇曳日影斜。
崖石嶙峋读书处，
相问君从何处来。

注：参加庐山党史研讨班，全国各地百余人。

（二）莲花台

千里汇集莲花台，
匡庐美影诗满怀。

举目投问鬓斑人，
争说“仙人洞”上来。

注：学习之地称莲花台，来庐山以登仙人洞为快事。寄牡丹江市政协征文。

（三）清凉界

漫步石阶迎松风，
苍茫林海碧无穹。
置身天外清凉界，
却见泉水绕莲峰。

（四）望鄱亭

云遮雾障山外山，
望鄱亭上舞蹁跹。
琴瑟声声流逝远，
已是骄阳正午天。

注：据传当年蒋介石偕宋美龄在望鄱亭跳舞。

（五）庐山会址

历史烟云一舞台，
风雨迷漫三十载。
阴霾散尽皆丽日，
留下会址供观瞻。

注：庐山会议会址在庐山人民剧院。寄牡丹江市政协征文谒庐山会址。

（六）烟　云

楼前青山楼后松，
翠竹丛丛绕山径。
竹篱一行遮不住，
缕楼烟云入室中。

（七）含鄱口

鄱口云海波涛涌，
排山倒海气势宏。

置身缥缈天外客，
观景人皆笑盈盈。

注：郗口即含郗口，是观云海之佳处。

（八）陶公醉石

醉石醒否问陶公，
桃花源记觅游踪。
东篱采菊人安在，
醉石横卧竹林中。

注：据传陶渊明旧隐醉卧石上，今留有“醉石”二字刻石。

（九）大天池

挥汗如雨上天池，
五台菩萨传说奇。
文殊台上赏云处，
大天池寺留刻石。

注：传说五台山菩萨来庐山挖出天池，文殊台为观云最佳处，池旁留有“大天池寺”横额刻石。

（十）小天池

人间天池数匡庐，
洪武大战鄱阳湖。
太祖扎营饮马处，
一泓清泉映佛图。

注：据说朱元璋大战陈友谅于鄱阳湖，朱元璋登庐山在小天池饮马。六月二日新建娜拉塔院佛泉开光住于小天池畔。

（十一）龙首岩之一

辞别天池下龙岩，
苍龙昂首天外天。
巨石嶙峋可铸剑，
绝壁古松多倒悬。

（十二）龙首岩之二

只身伫立龙首岩，
龙吟虎啸声半悬。
云罩雾嶂神秘地，
僧人敢跳舍身崖。

注：传说有佛徒跳下以求升天，故称“舍身崖”。

（十三）品　茗

山野竹门时半开，
石阶往复茶农来。
双手采摘云雾香，
匡庐品茗壮情怀。

注：庐山云雾茶闻名遐迩，品茗而壮情怀。

（十四）云雾茶林

漫步山径迂回行，

云雾茶林一丛丛。
穿云过雾寻佳境，
泉声唤我返回程。

注：穿越云雾茶林有流连忘返之情。

（十五）竹　影

门前山景窗外松，
翻书竹枝意无声。
松影竹叶落书案，
松竹水墨天然成。

（十六）瞻仰周总理庐山书屋

门前双泉映青松，
翻书竹枝意无声。
凝成天然画一幅，
松竹摇影恐惊梦。

（十七）牯岺行

云雾蒙蒙牯岺行，

雾去云来山朦胧。
行走牯岑却不知，
闪现购物人匆匆。

（十八）莲花台寻觅

莲台古庵已无存，
寻觅月西开山人。
踏访寻视满山壁，
古墓一座隐林深。

注：莲花台古寺为月西和尚所建，被称为莲花台开山始祖。

（十九）天桥石

两石拱峙临深涧，
巨龙化桥渡险关。
留得虹桥半壁石，
写下墨客诗一篇。

注：传说朱元璋被陈友谅大败退无路，金光白龙化桥而过谅鸣金收兵。

（二十）谒庐山朱老总谈心石之一

莲花台畔谈心石，
无言一篇叙事诗。
而今犹听谆谆语，
山花簇拥自编织。

（二十一）谒庐山朱老总谈心石之二

卵石曲径悠悠情，
山野黄花一丛丛。
老总当年谈心处，
一石静卧细雨中。

注：相传该石为朱德总司令谈心处，廖汉生题“谈心石”刻其上。

（二十二）踏访明恭乾禅师塔

恭乾禅师一古冢，

涉足未到蛇先行。
深山留得禅塔在，
墓园石刻更玲珑。

（二十三）过玄妙观

林茂山深藏古庵，
石墙残留玄妙观。
木鱼声声关不住，
诵经何须在人前。

注：顺木鱼声踏访见此观记之。

（二十四）石　径

石径通幽竹门翠，
松竹摇曳日影碎。
云雾农家人难见，
山童半面掩门扉。

注：云雾山村五月忙，主人难见。

（二十五）题　照

石径远山多含情，
日透竹林魅无穷。
谁人留下光一点，
匡庐风光天然成。

注：所摄影的风光作品入选当代艺术家作品展示会。

（二十六）漫　步

细雨霏霏云雾行，
不见清泉听泉鸣。
疑是人间天外客，
雾远云端露奇峰。

（二十七）烟水亭

东吴战烟留亭台，

甘棠湖上战船排。
同是三国风云将，
波光浮动点将台。

注：长江“烟水亭”是三国周瑜点将之处。

（二十八）琵琶亭之一

大江东流长恨歌，
琵琶亭台人穿梭。
留得书石千百篇，
古曲今朝唱和多。

注：白居易作《长恨歌》，九江建琵琶亭，游人如织，园内辟名人书苑，碑石镶壁，多为名人歌和之佳篇。

（二十九）琵琶亭之二

江水滔滔琵琶情，
千古绝唱万人同。

此曲绵绵无绝期，
江水波光伴君行。

（三十）龙舟赛

龙舟竞渡甘棠湖，
奋力击水争通途。
奖牌闪亮映波影，
一桨一棹何辛苦。

注：研讨班期间正值世界龙舟邀请赛开幕。

题西湖碑林百寿图

西湖碑林百寿图，
春光四月花锦簇。
迎来五洲四海宾，
游人如醉不须扶。

人乐百寿苦堪吟，
美景风光亦醉人。
留得西湖水一顷，
酿就美酒入金樽。

注：本书中西湖皆指颍州西湖。

赠友人三首

（一）

文采冠颍一书家，
晓古通今亦才华。
篆刻墨宝出神州，
书香传家艺无涯。

（二）

颍州古郡太史公，
伏案捉刀袭古风。
秦篆汉隶出神韵，
方方字字均传情。

（三）

金石书法见精神，
广学博览即学问。
书山有路无坦径，
名出九州天酬勤。

释印诗

承恩门内忆芳华，
百忍堂前诗书家。
文峰塔畔归来雁，
艺林阁主霜染发。

注：赠刘亦云，书家刘亦云先生为吾制印一方，小诗为四边印文注释，金石内文旋读之。

“抗日丰碑”出版三首

（一）

烽火蔽日豫皖边，
四师中流战敌顽。
“太史”留得真情在，
“抗日丰碑”映宇寰。

（二）

字字珠玑凝血汗，
抗敌御辱有遗篇。
夕阳无限红几度，
枫叶丹心史可鉴。

（三）

党史编研无私念，
甘于清贫心自闲。
编就青史或等身，
乐于奉献即尊严。

书赠景印

媒体报道见精神，
广学博览即学问。
无声世界亦精彩，
名出神州天酬勤。

有线台改版《阜阳瞭望》开播周年喜赋

有线改版传佳音，
栏目编排品味新。
祝愿节目风华茂，
激情牵动观众心。

《阜阳瞭望》又一春，
追踪热点众人钦。
周而往复出新意，
十分收获天酬勤。

舆论导向出精品，
开创新篇共耕耘。
采编工作多辛劳，
成果赢得神州吟。

西湖三首

（一）

旖旎波光映古城，
三十里河添新容。
清涟倒影多佳趣，
女郎静观西湖亭。

（二）

湖光山色一水中，
亭台楼阁夺天工。
泉水难留旧时景，
会老堂前忆醉翁。

（三）

西湖古迹留宋风，
颍郡倡袭欧苏风。
四时景色醉游步，
芳草华甸入画中。

古　城

风雨古城两千年，
残砖断石是诗篇。
城池兵家必争地，
翻阅历史见经传。

南宋名将美名传，
大败金兵有遗篇。
刷马池畔千古唱，
顺昌大捷庆凯旋。

元末义军有红巾，
颍州起义映古今。
一砖一石留佳话，
民间传说记忆深。

辛亥革命淮上军，
光复颍州报佳音。
挺进涡亳锐受挫，
养精蓄锐中流村。

抗日风云涌颍城，
拆城御敌非无功。
留得半壁古城墙，
一段古城一段情。

中原逐鹿战古城，
三打阜阳留美名。
今留一段城墙在，
犹闻当年炮声隆。

残砖断壁古城稀，
风打雨蚀基石移。
义军冲杀震四野，
城头插上闯王旗。

民族战争经风雨，
保卫长淮守断壁。
烽火硝烟燃淮上，
犹忆抗战胜利时。
古城风化不忍睹，
不可再生是文物。
留得残墙半壁在，
后世胜读十年书。

平原枪声惊文峰，
教导队里烟火浓。
今睹东门半壁墙，
犹忆四九众鬼雄。

垃圾掩城不须看，
踏石扶墙忆变迁。
岁月催人不知老，
残砖断石越千年。

金戈铁马惊古城，
历史风云变无穷。
残垣断壁昔无声，
诗人骚客写不赢。

酒仙三首

（一）

红酒入口葡萄香，
不似玉液赛琼浆。
外乡佳酿能醉客，
勿用金樽现夜光。

（二）

浊酒一瓢赛杜康，
暖冬过后雪一场。
岂为功名人消瘦，
乐做酒仙神志爽。

（三）

冬日晴好暖融融，
三月薪奉过半冬。
今日村酒下淡饭，
又闻下岗饥寒声。

砚石三首

（一）

临沂古郡羲之砚，
真情灵石聚一片。
千里京畿情意重，
礼赠书院留纪念。

注：书院，即一新书法研究院。

（二）

一代书圣出琅琊，
金星各砚冠华夏。

石色如漆声如磬，
叩之金声称奇葩。

（三）

书圣之乡舍星砚，
艺品天成美名传。
一方灵石得不易，
研墨声中度华年。

大观钱四首

（一）

徽宗镇库合背钱，
铁画银钩美名传。
泉苑珍品今安在，
瘦金书体有遗篇。

（二）

御书瘦金数大观，
今得镇库合皆钱。
珍品可遇不可求，
喜得一品乐百年。

（三）

徽宗铸钱称圣贤，
御书钱文开新篇。
币文铸就千年史，
泉友观赏喜空前。

（四）

大观通宝锈蚀斑，
今日得藏赖前缘。
镇库之宝今镇宅，
透过方孔窥前贤。

樱桃树下二首

（一）

良师益友聚空前，
往事悠悠话当年。
樱桃枝头红似锦，
品鲜何须待来年。

（二）

门前一棵樱，
二椿一青松。
年年花似锦，
今朝果映红。

小院即景

向阳樱树知秋迟，
落叶蓄根正当时。
来年阳春发新枝，
只待杏黄樱红时。

桃三杏四梨五年，
枣树栽上就还钱。
不爱桃红并柳绿，
两棵香椿四时看。

承恩门石额

面迎北斗“承恩门”，
威武雄壮话风云。
多少豪杰血和泪，
写就诗章启后人。

注：早年文物部门普查时，在北大街一院内发现豫北城门“承恩门”石额一方，惜未能及时入藏，现不知掩埋何方，不知今后有没有重见天日之时。

西　湖

西湖楼台映夕阳，
黄河泥沙平湖床。
美景若现昔日貌，
莫忘西子伴女郎。

书　斋

吾居书斋艺林阁，
文峰塔畔近颍河。
诗坛名家题雅趣，
玉兰飞花飘院落。

注：门前文峰路邻颍上路，阳春一路玉兰芬芳。

晨练即景三首

（一）

芦色烟柳无风静，
渔舟泛波烟霞动。
轻燕穿梭织地锦，
晨练乐曲一声声。

（二）

“卧牛晴雪” 无处寻，
碧绿连坡草木新。
轻风薄雾人涌动，
颍水倒映晨练人。

注："卧牛晴雪"古颍州八景地，在七渔河即现河滨路南段绿化一区。

（三）

春雨草润柳丝长，
碧波长堤晨练忙。
渔舟晨曲浪作唱，
颍泉清流洗衣裳。

注：颍水为淮河支流，经环保治理水质大有改观。

题李峰山水图

山峦叠嶂听清泉，
松竹茅屋两三间。
苍墨苔石出雅趣，
翻越横峰有洞天。

注：四月二日晴日方好，李伯英高足李峰来访赠新作山水图，观之较前画别有新意。

丹青年华

孤灯丹青年复年，
独执石砚也磨穿。
为现水墨出新意，
青山灵秀鬓发斑。

注：为荐李峰画稿入京九名家书画集而作。

五　铢

汉代金币解读难，
郡国五铢亦纷繁。
留有世珍起纷争，
一纸解谜来济南。

汉室遗珍金五铢，
钱币文献无著录。
疑云谜团谁人释，
山东朱活有遗书。

古刹钟声

千年古刹势巍峨，
沧桑风雨破落多。
今朝重修功德多，
佛心默默念弥陀。

佛字方砖留香烟，
重塑金身现旧观。
月台佛法现原物，
朱拓四方保平安。

开元古寺今无存，
颍州铸钟有铭文。
如今难闻千古韵，
寿春鸣钟带泪痕。

注：颍州资福古刹越千年而存在，经申报定为省文物保护单位，经多次修缮，重塑金身，月台宝殿蔚为壮观，大修时出土佛字方方砖数十片。朱拓赠友人。而开元古寺在颍州鼓楼荡然无存。然唐开元铸钟流落寿县，上有铭文“颍州开元寺”。

日本友人访古六首

（一）

扶桑东渡中国情，
日本友人顺昌行。
刘锜抗金传佳话，
八五老妪来东瀛。

注：2000年9月26日日本友人一行18人来阜阳参观考察、访古。长者85岁，轻者53岁，对阜阳历史有不同程度知晓。

（二）

东瀛友情中国结，

楚国文化争岁月。
伍员当年骑射地，
矢落三里有来客。

注：日友人冒雨参观传说中伍子胥拉弓射箭落矢之地——三里庙台。

（三）

狭巷高墙留古井，
七十二眼为屯兵。
一泓清泉井底照，
日本老翁笑盈盈。

注：友人参观伍子胥遗迹屯兵用的七十二眼井，立即引起浓厚兴趣。

（四）

伍明古寺今无存，
银杏沧桑留烧痕。

秋雨濛濛人忘归，
喜倒白发留影人。

注：伍明寺遗址有银杏一棵，历经六百多年风雨而枝叶繁茂，奈平时香火旺盛，而诛及古树留下烧痕。

（五）

东瀛万里神州行，
饮马塘边传友情。
昔年池塘二十四，
犹闻戍边战马鸣。

注：传原有戍边饮马塘二十四现存两处。

（六）

一夜须白过昭关，
“鞭尸雪耻”留佳篇。
遗迹千载有口碑，

史诗一首动心弦。

注：《阜阳日报》载拙作《日本友人在阜阳》记载此行。

《文摘周刊》二周年诗一首

热情打动读者心，
烈焰点燃江淮人。
祝愿月刊风华茂，
贺喜赢得神州吟。
文风正派众人钦，
摘编文粹资料新。
周而往复出新意，
刊出版面创精品。
创立艰辛使人亲，
刊载历史颂古今。
二十周年长河浪，
十分收获报佳音。
周刊编辑多苦辛，

年结硕果天酬勤。

注：嵌“热烈祝贺文摘月刊创刊二十周年”，该诗刊于2001年1月5日《文摘月刊》2118期。

春　日

记：己卯年四月初六“清风明月价无限”之时，三位（振忠、振川、振标）“挚友话养生”之际。寒舍知音“胸怀金石意”不嫌“水酒菜蔬淡”“共醉乐不休”之情，“艺林书台”吟诗乐“金樽当歌不知年”。来和唱之句以记之。

（一）良　宵

春日老友喜相逢，
一杯美酒情谊浓。
笑饮琼浆论途语，
良宵苦短人不同。

（二）唱　和

艺林书台吟诗乐，

奎星射斗唱风和。
文峰夕照忆旧影，
年轻老翁乐呵呵。

（三）茹　玉

今闻友茹玉，
共醉乐不休。
挚友话养生，
百年不知秋。

（四）布　衣

水酒菜蔬淡，
与君情谊浓。
胸怀金石志，
布衣不知穷。

（五）金　樽

秦砖汉瓦不值钱，

清风明月价无限。
相见一笑道君安，
金樽当歌不知年。

（六）春　雨

春雨桃花西湖，
朦胧烟色满目。
鸟语莺歌一树，
丽人举步迷路。

乡情五首——为烟币作

(一)

雄踞中原不自诳，
烟丝金黄气芬芳。
迎宾自有真情在，
唯我颍州“王中王”。

(二)

海峡手足百姓家，
依依童心话桑麻。
钟鼎一支燃不尽，
两岸情深共中华。

（三）

金币生辉伴君行，
古楚文化两千年。
莫忘谁此情意浓，
郢爰金币出中原。

注：郢爰是楚国金币。阜阳属古楚地，曾出土楚国金币。

（四）

古今中外一平原，
烟草文化一脉牵。
花开花落几相思，
幽香芬芳自天然。

（五）

皖西明星阜阳行，

民风淳朴绿意浓。
神州京九过大地，
香烟一支点激情。

注：前四首诗各嵌一个香烟品牌，分别为“王中王”“钟鼎”“金币”“平原”。

菊五首

（一）重　阳

退休时日度重阳，
枫叶亦红菊亦香。
抛却繁务归小庭，
早观霜叶赏菊黄。

（二）村　菊

乡土野店村酒浆，
野菊迎门二三行。
世事如烟全不忆，
采摘新菊泡茶香。

（三）庭　菊

书海夜航午梦长，
野菊数株留庭堂。
不为观景赏娇艳，
留取金秋一片香。

（四）野　菊

夕阳野菊一片金，
傲霜风骨见精神。
根留一方黄土地，
来年遍野黄巾军。

（五）黄　菊

金甲盈盈独自享，
花开花落亦平常。
秋高独斟村酿醉，
莫放一品金菊香。

包河漫步四首

（一）

包河风光映庐州，
兄弟手足真情留。
廉泉清彻鉴古今，
清风阁下雨丝稠。

（二）

明教古寺香烟动，
曹操点将美名留。
飞骑桥头无觅处，
寺前乞讨使人愁。

（三）

包河水景映城池，
廉泉传说警后世。
为政清廉要铭记，
包河莲藕终无丝。

（四）

翡翠玉佛卧殿中，
慈颜面世更从容。
三尊大佛金塑身，
恢复古寺朴老功。

注：明教寺大佛在“文化大革命”中遭劫，修复时无佛像，赵朴初由外地调铜佛三尊支援明教寺方有今日之盛况。

玩古小记两首

（一）

古玩真品无定时，
机遇时早亦时迟。
平常心态时时记，
看准精品莫迟疑。

（二）

收藏机遇重时机，
珍品古玩辨能识。
时机知识两俱备，
捕捉大有“漏网鱼”。

童　年

承恩门下戏竹马，
东西顺河任意耍。
晋徽商贾留恋地，
如今难寻一片瓦。

颍州大地的荣耀与沧桑

——写在“阜阳百年”老照片展前

颍水！唱着时代的颂歌，
泉河，诉说着历史的变革；
颍河之滨，泉水之畔，
屹立着文明古城一座，
皖西北名城——颍州，
造就了独特的历史文化风格；
京九铁路重镇——阜阳，
谱写着人文景观秀美生活；
龙虎尊，阜阳历史的荣耀，
中央首长为其赞美骄傲；
历史风云，历史人物，
在阜阳大地上写下悲壮的歌谣；
古城沧桑，老城旧影，

留给人们挥之不去的思索；
文物古迹厚重历史，
无声息地在历史长河中消磨；
“文革”岁月，留下记忆，
有特殊时代烙印的难忘生活；
市井生活，淳厚民风，
是时光隧道留下的扫描；
首次“阜阳百年”老照片展示，
具有特殊文化风格和内涵；
辛亥革命“光复颍州”的风云闪电，
中共党小组诞生与发展，
革命英烈为国捐躯，
献出忠诚与热血一片。
时光冲刷不去战马的嘶鸣，
岁月带不走革命者的呐喊；
让现代的人们去解读历史，
留下时间和历史人物交谈；
在轻松中领略百年风土民情，
在现实中感受社会的进步与变迁；
特殊年代的文化风韵，

是写在阜阳大地上的华美诗篇；
爱国主义教育，
是中华民族精神脊梁，
革命传统教育，
是精神文明的课堂；
爱祖国爱家乡，
要牢记阜阳革命历史的悲壮；
奋发努力建设家乡，
不忘颍州大地的荣耀与沧桑。

西湖影像

（一）

湖光山色一水中，
亭台楼阁夺天工。
泉水难留旧时景，
会老堂前忆醉翁。

注：原载于《阜阳日报》。

（二）

旖旎波光映古城，
三十里河添新容。

清涟倒影多佳趣，
女郎静观西湖亭。

（三）

西湖风韵几代功，
颍郡倡袭欧苏风。
四时景色醉游步，
芳草华甸入画中。

（四）

会老沧桑苦堪吟，
美景佳韵亦醉人。
留就西湖水一顷，
酿就美酒入玉樽。

（五）

西湖楼台映夕阳，
黄水泥沙平河床。

美景若留昔日趣，
莫忘波光照女郎。

注：本人藏有 1939 年颍州西湖水灾旧照，真实再现西湖部分旧貌，再现颍州西湖之劫难。企望西湖景观恢复时顾及女郎台旧景的修复。

旅游景物篇

旅蜀诗抄四首

（一）武侯祠

武侯千古一羽毛，
刘备孤冢埋战袍。
史迹浏览翻三国，
锦衣塑像无尔曹。

（二）杜甫草堂

浣花溪水映草堂，
幽径飘红胭脂香。
诗仙佳句草堂梦，
五洲四海杜诗朗。

（三）睹作战日记

飞逝硝烟四十秋，
阜阳战况笔下留。
千里迢迢得一见，
不枉千辛来西蜀。

（四）西蜀风情

宅后千竹翠，
屋前菜花黄。
房舍瓦色黛，
廊檐三柱红。
风轻白云淡，
绿竹飘蓝绫。
路桥石色赫，
酒帘入溪中。

重　庆

遥寄忠魂在歌乐，
悲风萦绕松林坡。
白公馆传挺进报，
渣滓洞留叶挺歌。
红岩村头红梅赞，
消息树下故事多。
雾都今朝更秀美，
双喜临门迎过客。

注：松林坡为杨虎城将军遇难处，双喜临门为重庆地名谜面。

庐阳四首

（一）

人间至真手足情，
携手共赴合肥行。
花开花落能几度，
庐阳月季别样红。

（二）

风雨世纪庐阳行，
沧桑岁月人不同。
世间自有真情在，
欢歌笑语叙别情。

（三）

故人风雨会庐州，
春日佳节几度秋。
四十寒暑忆旧事，
夕阳银发岁月稠。

（四）

岁月当歌红军诗，
坚定跟党志不移。
独有勇士身先逝，
吾辈流血誓不辞。

朝九华登天台十首

（一）

天台玉印世沧桑，
苍翠暗露显灵光。
一纸朱印千年史，
中华炎黄子孙昌。

（二）

九华天台世间殊，
今朝登临为礼佛。
一台一阶备艰辛，
亲历极顶观日出。

（三）

天台殊世自古闻，
人生难得几登临。
天梯相依白云路，
登得绝顶采祥云。

（四）

今日登临拜经台，
大佛脚印耐人猜。
拜摩佛迹平心愿，
朱殷两方留神台。

（五）

斋饭常食四季鲜，
粗茶淡饭度颐年。
人心向佛少欲念，
平德魂梦自安然。

（六）

遥看天台登云梯，
莲峰苍翠白云低。
礼佛香客身去远，
再次朝拜有佳期。

（七）

九龙金印传世长，
中华瑰宝遭强梁。
怎奈佛眼识天案，
镇馆之宝回佛乡。

（八）

九龙九子九华山，
莲花佛国再登攀。
今朝夙愿结佛缘，

弥勒金面展笑颜。

（九）

唐玉宝印世间稀，
九龙舍印更称奇。
今结佛缘得一睹，
朱拓宝印亲手及。

（十）

乾隆御书尽风采，
九华圣境题匾额。
风流天子今安在，
世间瑰宝奉神台。

注：2002 年 9 月 1 日九华百岁宫下院落成及大佛开光，再登九华朝天台，以诗记之。七首中华瑰宝遣强梁句系化成寺住持常敏法师云九龙金印曾被盗破案追回国宝。

九华吟

九华风光何时佳，
葱郁峥嵘带面纱。
清明纷纷春雨过，
黛瓦粉墙诵佛法。
九华之夏亦宜人，
出水芙蓉景既新。
留得翠绿山一片，
写上千古九华吟。
九华风物秋更殊，
青山秀水脱世俗。
千古诗客吟不休，
圣迹佛缘向人述。
九华冬雪景亦奇，

万物装点景色移。
雪压松枝欲滴翠，
映绿雪片不沾衣。

院中二首

滴水观音花开小记

滴水观音本属于名花之列，成花条件苛刻，平时很难睹其芳容。然近日长子手勤，且雨水条件充沛、气温适宜，所以有花蕾显现。观之心情大悦，并赋诗一首：

观音花开报吉祥，
银装素裹大士装；
三阳开泰临吉地，
五福连叶歌华章；
观音碧叶可蔽日，
碧叶诗情留余香；

平日此花难得见，
今日芳容不寻常；
花开花落无定时，
唯独此花更吉祥；
吉祥花开照众生，
众生阖家享安康；
大慈大悲观音容，
佛光世界享太平！

樱桃树三十春

一年一树樱花红，
院植樱树三十冬。
一年一度春芳绿，
年年夏发花不同。
樱桃小口形美女，
宝石玛瑙樱桃红。
去年樱桃逢病日，
满树玛瑙雀先登。
连吃带损三五日，

满树玛瑙一扫空。
提起雀损心中恼，
早年除害手腕轻。
今日若论除“四害”，
一时也难理得清。
当年大地一声起，
只只麻雀心中惊。
早年四害若除尽，
我的樱桃也太平。
如能每日守望勤，
成熟樱桃保太平。
一日樱桃成熟后，
蜜饯樱桃馈亲邻。
亲朋睦邻齐夸赞，
蜜渍樱桃味不同。
不为宾朋夸味美，
只念一树玛瑙红。

西安事变六十周年祭

华夏惊梦六十春，
兵谏请缨泣鬼神。
人去楼空弹痕碎，
寻梦游人有外宾。

井冈纪行十首

（一）井冈遐思

井冈松明窑洞灯，
延河流水井冈风。
混沌初开育厚土，
炎黄巍巍念豪雄。

注：松子油用来点灯照明。

（二）星　火

巍巍井冈煅火星，
烈烈红旗依青松。

反共围剿血腥雨，
黄洋炮声记奇功。

（三）红军墓

濛濛细雨红军路，
井冈松枫萤雨露。
寻觅北斗启明处，
举头遥望红军墓。

（四）南瓜饭

山珍海味记忆难，
南瓜红米未亦阑。
尤忆山柴红米饭，
欢畅一饱可延年。

（五）五龙潭

井冈幽藏五龙潭，

碧玉仙女争下凡。
游人往复忙顾盼，
飞瀑直下缆车悬。

注：碧玉、仙女均为潭水名。

（六）残 墙

朱毛故居留残墙，
五次围剿何疯狂。
感情常青根叶茂，
枝叶摇曳传说长。

注：感情、长青均为树名，传说感情树在毛泽东逝世时一夜满树白头戴孝，长青树旧居焚时树枯死，修复后在故居前复活。

（七）枫树石

石破天惊枫树功，
一代伟人记行踪。

树石拟人留佳话，
八角楼前日照明。

（八）红军装

大井医院游人忙，
男女争穿灰军装。
立马戎装红军样，
八角军帽红领章。

注：枫树松把巨石撑破，当时毛主席坐石上谈古论今。比喻人民团结如磐石，才能摧毁旧世界。后句路途雨不止到八角楼日出天晴。

（九）彩虹瀑

原始植被峡谷行，
碎石曲径泉映影。
峰颠路疑何以指，
二百米下飞瀑鸣。

（十）方 竹

茨坪旧居方竹奇，
要知方圆手能及。
“遵生八笺”记轶趣，
更笑僧人太痴愚。

注：1998年9月10日—15日去井冈山参加省党史纵览发行会议，会议安排参观各革命遗址和自然景观井冈。小诗由感而发以叙情怀。诗中没有朱德和毛泽东重返井冈之悲壮，但也是自然之心曲，即谓“山珍海味记忆难，南瓜一菜味亦阑”之感。据《遵生八笺》载：“一道人将一方竹赠一僧人，僧不知方竹之珍贵，将方改圆成为俗物。”

九华行

重游九华雨丝密，
雾遮芙蓉景亦奇。
翻修盘道石挡路，
我心默默念阿弥。

九华月两首

（一）

月升九华分外明，
香烟直上九霄重。
香客参佛无梦意，
夜半静听钟鼓鸣。

（二）

月光静谧羞芙蓉，
九华殿阁影色重。
朝圣人群入梦晚，

忽闻晨钟迎黎明。

注：晨钟暮鼓是九华山一大特色，暮鼓伴夕阳，晨鼓迎黎明。

重庆会友

雾都歌乐夏葱茏，
血染群雕映嘉陵。
友情知己聚恨短，
话解历史意亦浓。

三亚行

繁花五月三亚行，
天涯海角连海风。
碧海风物开慧眼，
南天一柱更从容。

贺华夏收藏艺术节

海阔天空任皋翔，
南国风物俱珍藏。
华美瑰宝出神州，
夏彝商鼎奏华章。
收藏历史明今古，
藏宝于民皆欢畅。
家有奇珍供赏鉴，
俱赴佳节映南疆。
乐此辛劳巧运作，
部署天涯聚一堂。

注：嵌“海南华夏收藏家俱乐部”，笔者参加海南第二届收藏艺术节赠诗在《华夏收藏报》发表并获荣誉证书。

朝九华五首

（一）

佛山九华升云烟，
一路风雨过翠山。
不远千里朝圣路，
祈还父愿四十年。

（二）

四十年来悬心愿，
今朝九华拜金颜。
祈祷佛法尝甘苦，
佛法常在保平安。

（三）

佛山圣地烟云浓，
葱茏叠翠过重峰。
今朝手足朝九华，
百忍堂前展佛容。

（四）

九华景色意朦胧，
烟雨云雾锁真容。
香客惆怅参佛面，
回首青山夕照明。

注：去时云风暴雨，稍晚晴日夕照。

（五）

九莲佛国地藏开，
神州香客登天台。
一纸佛印亲相忆，
佛光普照幸福来。

山水游兴

仁者爱山智者水，
爱花及鸟不随俗。
遍游名山曾几度，
夕阳伴我醉步行。

注：写于法门寺。

扶风法门寺怀古八首

（一）

“皇帝佛国”迎真容，
金龙伞盖祥云升。
童子迎佛花铺地，
舍利宝塔日照明。

注：宋宣和殿书体“皇帝佛国”刻在法门寺前牌坊上，上溯唐代即为皇家寺院。

（二）浴佛节

佛诞礼佛鲜花坛，

百花引来蜂声喧。
佛子参佛千百度，
蜂蝶绕佛不知倦。

（三）

御香缥缈上太空，
钟磬梵音留唐风。
经幡华盖迷人眼，
僧人游客步无声。

（四）

大唐珍宝出法门，
千年沉寂不留痕。
独有高僧敢舍身，
华夏护法第一人。

注：据说“文化大革命”时一僧人为护佛祖舍利而自焚，值得称颂。

（五）

苦心修行一贫僧，
独有禅心动佛容。
为护国宝身自焚，
法门佛地留僧名。

（六）

法门斋饭四时香，
强身健体适胃肠。
一颗佛心观世事，
抛却烦念享健康。

（七）

佛诞浴佛感佛恩，
天朗气清听佛音。
佛祖舍利惊天地，

万众向佛在法门。

（八）

经幡飘飘映日红，
僧尼游人穿梭行。
独在佛祖舍利塔，
游人参拜见真容。

夕阳行十五首

记：阜阳旅游夕阳红专列 2005 年 11 月 7—16 日云南丽江、大理、石林之行，途中草成数首以记游趣。

（一）

风雨烟岚过翠山，
夕阳几度何其短。
回眸奔波人生路，
兄妹结伴去云南。

（二）

人观夕阳趣不同，

春夏秋冬任我行。
春山秋水草含笑，
面对山林自从容。

（三）

风和日丽夕阳行，
人生岁月各不同。
出行游趣多灵动，
一声汽笛过洞庭。

（四）

夕阳专列不时停，
铁器也能锈一层。
车行颠簸复颠簸，
生铁也能给磨明。

注：专列为加班车，会车遇停时间之久难以忍受。颠簸之苦可想而知。

（五）

贵州秀水酿茅台，
碧山飘浮酒香来。
虽无酒意人亦醉，
天地人和乐开怀。

（六）

重峰叠翠过贵阳，
劲酒一杯也舒畅。
忘却沉繁享游乐，
美酒佳肴赛故乡。

（七）

走走停停来昆明，
老牛破车神州行。
不远千里夕阳游，

春城尽观老顽童。

（八）洱海小普陀

观音玉印浮洱海，
明珠更现佛风采。
天地人间一盛景，
夕阳呼唤我再来。

（九）苍山雪

早观玉林雪冰凝，
晚伴洱海月更明。
一路旅程景可叹，
远山近水意濛濛。

（十）丽江

茶马古道丽江行，
玉林雪山更动情。

雪山青泉枕边过，
古城流泉唱不停。

（十一）丝路古道

丝路古道走丽江，
马帮铃声诉沧桑。
岁月年轮磨石道，
今日旅游语华章。

（十二）

丽江古镇意无穷，
雪山泉水过古城。
小桥漫步皆人家，
穿街过户唱叮咚。

（十三）

大理风光盼日久，

五朵金花银幕留。
携手夕阳寻蝶泉，
蝶泉大修空悠悠。

（十四）石林

鬼斧神工造石林，
天然盛境意超群。
似幻非幻景中走，
忘却结伴旅途人。

（十五）

丽江开发纳西人，
城池古堡显精神。
夜幕闸水冲古道，
不劳城市美容人。

冶父山记趣三首

（一）

伏虎禅寺兴盛唐，
虎骨始祖英名扬。
虎哺灵洞香火继，
俯首参拜医病殇。

注：伏虎禅寺位冶父山顶下有伏虎洞而今香烟回绕，内设虎骨（伏虎始祖名）佛祖像，左侧有虎形瓮。据传到此参拜可愈伤病痛疾。

（二）

中兴盛唐伏虎寺，
虎骨设禅虎门依。
佛祖说法动虎心，
骑虎云游无定期。

注：据传虎骨成道虎相随，虎卧听经法动虎心，虎骨能骑虎云游。

（三）年名木大叶榉

古刹门前将军榉，
千年灵木诉心曲。
遭诛临头能托梦，
锯口刀斧留血迹。

注：禅寺门前屹立千年将军榉木，树龄一千二百岁；传说早年被变卖遭诛前夜托梦地方有力干部制止诛伐，当时刀斧口留有血迹。

旌德江村行两首

（一）流南即景

粉墙黛瓦映黄花，
春染柳枝拂面颊。
圣旨宗坊留徽韵，
祭祖就餐在江家。

注：据介绍2001年江泽民寻根祭祖在“江家饭店”就餐，饭店毗邻溥公祠即江氏祖祠。

（二）狮山古寺

妈祖古寺建狮山，
千年传承留香烟。

殿宇巍峨迎旭日，
金装佛像展慈颜。
护法居士江村行，
大德高僧习莲宗。
金装佛光降祥瑞，
声颂佛法歌太平。

凤阳龙兴古刹纪事

龙兴洪武殿巍峨，
一代平民帝王阁。
泥塑金身显圣像，
楹联史迹留佳作。

注：龙兴寺建有洪武殿济颠和尚题额，殿内塑洪武像，威武雄壮，殿内楹联一副，生于沛学于泗长于濠，凤都昔钟天于气，始为僧继为王终为帝，龙兴今仰圣人容。书家乃咸丰状元。

镇寺之宝

铜镬镇古寺，
千僧留钵盂。
水声颂佛法，
扶之听经声。
绕之三百度，
护佑众后生。

注：古寺今留四口青铜锅。据传当年僧用铜锅可供千僧用斋。内装满水扶之有声，绕之可听诵经佛音，为镇寺之宝。

龙兴寺传说

龙兴劫难后，
吾师重登临。
双槐枯已朽，
无叶配其身。
深情问古槐，
何日拂新枝?
动工礼佛日，
转瞬见新枝。
佛念师心诚，
师动古木心。
花发树满盖，
新枝抱浓荫。

注："文化大革命"时期古寺遭难，洪武殿

前古槐两株已枯死，改革开放之时请九华山大和尚慧庆主持重修，师父去寺问古槐可发新枝，果月后抽芽发枝花开满树，师诚心感动枯木古寺换新颜。

人生感悟篇

闲打油

闲时打油诗一首，
欢欢乐乐白了头。
不知时光流逝去，
组织部里催退休。

退休时光新岁月，
自写档案又一页。
不问时光催人老，
精神饱满度日月。

时光风雨染白头，
吃草吐奶是孺牛。
六十春秋人生路，
心态安然度春秋。

人生奋斗几度秋，
漫漫求索忆怀旧。
风雨人生已去远，
健康身心才是福。

戏　作

为孙打油茶，
手把饭盒拿。
天黑路又远，
寒冬地又滑。
油茶三块整，
打的四元捌。
大馍带两个，
小心油茶洒。
下车忙提袋，
急忙奔回家。
两碗孙喝下，
给爷把酒拿。

为吾剪报五十年而作五首

（一）读报乐

读报乐也读报乐，
每日读报不可缺。
时事要闻天下事，
纵观风云战事多。

（二）剪报乐

剪报乐哉剪报乐，
终日时间任消磨。
历史趣闻风光美，
日积月累知识多。

（三）贴报乐

贴报乐乎贴报乐，
名人风范耐琢磨。
边贴边读边思考，
手脑并用健体魄。

（四）藏报乐

藏报乐者藏报乐，
剪报留备子孙阅。
一页一篇多趣事，
五十春秋贵自觉。

（五）剪报歌

剪报乐矣剪报乐，
剪报如日岁月歌。
剪来知识贴满簿，

剪来名人教诲多。
剪来风物开慧眼，
剪来养生不老药。
剪来平素粗菜饭，
剪来人生苦与乐。
剪来中华千秋史，
剪得老年白发多。
剪得壮年人憔悴，
剪得人生无寂寞。
剪得学识无止境，
剪破报纸数十车，
知识财富开智慧，
物质金钱易挥霍。
今日剪留破报纸，
明日化作黄金箔。

朝花夕拾两首

（一）

三十年冬苦雨情，
亦酸亦甜意亦浓。
独有情种留思念，
夜静独听杜鹃鸣。

啼血杜鹃夜声悲，
思之前情泪独催。
唯有思绪关不住，
萦思梦境不知归。

三十春去六十冬，

情断两地意朦胧。
为念旧梦心意懒，
长夜频频听钟声。

悲情真切意亦浓，
渴望良机叙别情。
忽闻另端客人聚，
一瓢冰水心中凝。

蜜意诗情化冰消，
蹉跎岁月催人老。
留得世间情人恨，
独有此情更难抛。

月色春意闹通宵，
人面桃花姿色娇。
挥泪催母上门唤，
夜雨润花呼声高。

佳人乱世有春潮，

腊梅未谢桃面娇。
一夜风雨花更艳，
两道喜盈上眉梢。

碧水之滨谈笑亲，
牵手知音露殷勤。
魏武之乡铸剑地，
桃花美酒也醉人。

酒乡萌情劝人醉，
沦落路人心也碎。
直到情深动人意，
句句声声都是泪。

十年相对意芊芊，
月入楼台空成欢。
一朝权贵发配远，
空楼情动抱月眠。

春风一宵忽摇红，

多年梦境终成行。
梅落月影无痕泪，
如胭润脂丹凤凝。

（二）

桃花尽时枝亦残，
丹凤不再受人怜。
花开花落无情意，
夕阳映对半月弦。

三月桃花带风寒，
心香一颗遭摧残。
常年梦寐云遮月，
抛却残月是儿男。

朝花遭遇寒霜剑，
归日风情梦中牵。
如银月光忆春花，
独煮苦酒一瓢干。

昔日丹凤凝冰花，
独对冷月西阳斜。
朝暮堪吁对空叹，
留得清心伴苦茶。

读书感悟

“金陵春梦”实可叹，
千寻百觅读到难。
朝思暮盼月下聚，
初入美梦在龙山。

“廊桥遗梦”留佳篇，
相思相依魂梦牵。
三十春秋忆旧事，
域外遗梦神州园。

名篇“简爱”似素笺，
满目诗行终生牵。
为留遗爱终不悔，
人影消瘦度华年。

“朝花夕拾”伴君年，
“银汉双星”读后传。
花落花开常相忆，
焚书恨水作佳篇。

庙集古镇帆云动，
夜幕涡水泛灯影。
河岸悠悠云树远，
金樽美酒入梦中。

夕阳诗章四首

（一）

晨练饭香润花红，
枝繁叶茂也传情。
墨拓钟鼎手不怠，
故纸翻阅亦从容。

（二）

上午劳身油漆工，
下午读报亦轻松。
晚间传媒开慧眼，
子夜钟声响梦中。

（三）

玉石养生伴人闲，
《遵生八笺》看不厌。
健康人生如人愿，
篇篇旧事忆华年。

（四）

秃笔一支不离手，
常忆当年岁月稠。
休闲度日无倦意，
书海夜航任我游。

观江苏台《家有宝物》节目开播

家传奇珍共鉴赏，
有多瑰宝神州藏。
宝藏拾民皆欢欣，
物华天宝奏华章。

注：嵌“家有宝物”。

感　悟

霜雪鬓斑苦为公，
清风两袖五十冬。
孤灯伏案写青史，
夕阳顿悟有自铭。

“布衾铭”索句

粗茶淡饭味甘甜，
棉麻布衣亦温暖。
名人教诲多乐趣，
崇尚道德即尊严。
人生无求去私念，
享受生活心有闲。
不图意外非分想，
顺应自然更平安。
丝稠锦绣尽奢华，
山珍海味更无价。
权贵宠幸多盛况，
名利欲望难求全。
居安思进晚节保，
福来祸随必记牢。

荣华富贵过云烟，
去危就安乐百年。

注：《遵生八笺》录范尧夫《布衾铭》从中索句以均示人生真谛。

人生安然篇

瓦瓮陶盏盛村酿，
金樽玉碗装琼浆。
举杯亦能使人醉，
莫认他乡是故乡。

蹇驴布鞯是布衣，
金鞍骏马驮骑士。
山水林壑本无主，
逸兴畅游有归期。

绳床瓦灶聚欢颜，
绣衾玉枕即安然。
茅舍瓦堂安身地，
魂魄安然抱梦眠。

布袍蒲絮着身边，
貂裘狐貉有人穿。
风霜雨雪皆蔽体，
三九严冬为御寒。

蔬食菜汤顺四时，
烹龙庖凤亦度日。
随时随缘无谋求，
欢然一饱须珍惜。

注：《遵生八笺》原文用瓦盆盛凤，或用金玉之器盛装同样使人陶醉，骞驴布鞯与金鞍骏马同样能让人畅游，松床瓦灶与绣衾玉枕都同样能让人睡卧，布袍蒲絮与貂裘狐貉同样能使人温暖，蔬食菜汤与烹龙庖凤一样能让人食饱，知道这些，那么贫贱富贵就一样看待了！

知足常乐四首

（一）

平布短衣皆御寒，
粗茶淡饭味甘甜。
一日三餐能果腹，
衣食口福超从前。

（二）

竹篱茅舍避风霜，
荜门瓦灶依蓬窗。
子孙绕膝能安居，
胜过别墅小洋房。

（三）

手执滕杖趿草鞋，
单车行舟是过客。
骑乘何须有“宝马”，
矫健身躯步代车。

（四）

家有旧书堆满床，
图书四壁墨留香。
不贪藏娇黄金屋，
手不释卷度时光。

有感农家休闲游

山林枯枝当柴烧，
溪水捉鱼作汤熬。
田园生活农家宴，
举杯开怀乐陶陶。

偶　得

不爱金钱不恋官，
最珍“秀才”纸半篇。
九州挚友鸿雁至，
名人书作留佳篇。

不求长生不老丹，
最重退休半日闲。
名人墨迹开慧眼，
古玩雅赏可延年。

注：古语云“秀才交情纸半篇”，本人最爱名人名家书作收藏楹编。

秋　思

金甲盈盈独自享，
花开花落亦平常。
秋高独斟村酿醉，
莫放一品黄花香。

亲情友情篇

为陈云樵米寿而作

千里祝寿意真切，
颍水壮歌颂英烈。
功昭河汉吟身健，
忽报九重蟠桃结。

注：陈老为阜阳四九起义政治交通员征集党史交往有年，今闻陈老八十八大寿寄赠大寿图以示祝贺。

为王老传书而作

千里传书意融融，
京华颍水一片情。
神州墨宝出华夏，
人间板桥身康宁。

三哥三嫂钻石婚致贺

百忍堂前手足情，
金刚钻婚乐融融。
回首漫漫人生路，
美酒三樽情更浓。

贺四哥四嫂蓝宝石婚

重星双寿宝石婚，
相偕相随敬如宾。
金鸡啼唱阖家福，
金婚大庆举玉樽。

步陈老赠诗原韵

西望长安牵梦思，
仰慕神采书信稀。
历史遗韵风声远，
登临文峰依门痴。

注：陈老为陈云樵，阜阳1928年四九暴动时任魏野畴的政治交通员。笔者曾于1982年亲赴甘肃邀陈老来阜参加纪念四九起义座谈会，与其结下深厚之莫逆友情。

附陈老赠友诗原文：

阜阳东望梦萦思，阔慕深情见面稀。
一日三秋云树远，凝神龙首倚栏痴。

题陈老合影小照

小照一帧寄深情，
喜得西安又重逢。
诗文墨宝得真趣，
木棉花开别样红。

长嫂胜半母

贤妻良母八十冬，
忠厚俭朴过平生。
今闻长嫂驾鹤去，
绕膝儿孙放哭声。

忽忆兄嫂朝九华，
祇园寺里拜菩萨。
当年独步百岁宫，
今日无奈卧病榻。

风雨人生手足情，
承恩门内三弟兄。
长嫂西天归故土，
热泪两行去送行。

送挚友镇南

一生勤奋两清风，
影坛书艺益求精。
贤才早逝春风悲，
杨柳萌动带哭声。

酷暑严冬志不移，
风来雨去无倦意。
漫漫人生匆匆去，
玉兰一路送君迟。

雉河厚土留华章，
文星流逝归故乡。
涡水悲声挥不去，
热泪沾衣别涡阳。

赠庄重同志百寿小照

西湖金石百寿图，
明媚春光花锦簇。
“今日中国”出华夏，
遥致京华送祝福。

注：庄重原名庄坤1938年来阜阳作抗日宣传，1939年创办《淮流》十三期，1940年撤退至豫皖苏抗日根据地。新中国成立后任中国法制报社社长，本人多次访问过他，1985年来阜阳旧地重游，交往十余年常有书信往还，前接贺卡回赠百寿小照一帧以作留念。

为王一新老秩寿志庆

八秩华诞传颍郡，
名高北斗颂斯人。
德望名尊遍神州，
寿比南山喜开樽。

秦砖汉瓦聚空前，
残陶富翁痴心闲。
鹤龄秩寿尚益健，
金石百寿伴君年。

红宝石婚

——给爱妻

四十寒暑紧相依，
红宝石婚忆佳期。
鬓白方识结发情，
夕阳晚晴常相厮。

注：1999 年 1 月为四十周年红宝石婚纪念。

赠陈登科大家

“九华圣境”一山人，
一品莲花不染尘。
青春焕发出新作，
处女佳篇留印痕。

注：“九华圣境”匾额为乾隆御题手迹。原迹藏九华山“化成寺”文物陈列馆。本人收藏安徽本土作家陈登科大师处女作《杜大嫂》。1982年党的政策拨乱反正，陈大师冤案得以平反，收到本人寄去其《杜大嫂》原版著作后十分惊喜，及时回信并在该书加盖他下放九华山劳动改造时收藏的一枚金石篆刻“九华山民”印，以示纪念。

赠李东山

鸿雁传书念东山，
乡土大师留遗篇。
风雨旧痕三十秋，
观其遗墨泪涟涟。

闻陈公仙逝之感

风雨人生念陈公，
颍州太守传真情。
交往甚笃其情在，
古颍大地留美名。

八十寿诞答谢词

八方亲朋会一堂，
青藤高阁欢声扬。
愧无金杯和玉箸，
更无玉液和琼浆。
薄备水酒能醉客，
菜蔬三道保健康。
但愿亲朋开怀饮，
一醉方休尽欢畅。
莫嫌粗茶和淡饭，
亲情叙旧第一桩。
人间亲情金不换，
更有来日情更长。
老夫八十身尚健，
老伴持家终日忙。

感恩佛陀多护佑，
烧香敬佛放心上。
亲朋好友多和顺，
儿孙绕膝心欢畅。
早年艰辛莫忘记，
珍视今日更应当。
感谢亲朋不嫌弃，
常来常往情更长。
我和老伴有三谢，
会同亲朋表衷肠：
一谢天地赐万物，
日月精华五谷香；
二谢佛陀慈悲心，
祛病防身守健康；
三谢父母养育恩，
子孙传承不能忘。

张振标 2016 年 2 月 15 日（丙申年正月初八）

后 记

张 昕

千里守望，心在咫尺。

离开家乡，北上帝都，每每南望江淮，时时思乡情切。

古云“父母在，不远游”，当今社会已是地球村概念，千里江陵不是一日还了，关山万里也能时时相见。通信改变着生活，但是它不能代替亲情的相守与陪伴。常年不在父母身边，相隔千里之远，总感觉一丝亏欠。去年父亲把诗集手稿交给我的时候说：“你看着整理吧，不要影响你的工作。”后来联系出版社，在修改过程中，一遍遍读，一次次想。熟悉的字体，熟悉的情境，熟悉的生活，仿佛父亲在轻轻耳语。虽相隔千里，但心心相通，恰如近在咫尺。

生活中处处有诗歌。天真的儿歌，朴素的民歌，常在我们耳边回响。轻叩诗歌的大门，走进父亲的内心，我面前出现了一个美丽的山水世界，徜徉在泥土芬芳的百花园中，诗意的生活。这就像把文字变成一颗颗沙砾，铺就在我们经历的生活之路上。沙砾上留下了一串串歪歪扭扭的脚印，那是记录在生活日记中最好的印迹，当我回过头来，会看见那些若隐若现的划痕，揭开了我所有的记忆。

父亲总体上来说还算是一个乐观的人，至少是一个热爱生活的人，诗中就能看出来。那时工资低，物资匮乏，我们兄妹四人，生活相对拮据，记忆中有很多细节，能体现父母的辛劳。

拉着板车，凭定量供应的煤票去买散煤；回家还要掺上黄土、放进模具一锤一锤砸出蜂窝煤。

推着自行车，带着粮本买粮食（还要搭配一定比例的粗粮）。

冬季提着麻袋，买回便于贮藏的萝卜、大白菜。

上有老下有小，白天上班还要买菜做饭，一日三餐全靠一个蜂窝煤炉。

记忆，很多记忆……

父亲一直从事文字和党史研究工作，生活的辛劳没有影响他读书、写作、收藏的热情。很多时候，半夜醒来还能看见他在读报，并把有文献价值的内容从旧报纸上剪下来，然后分类粘贴，装订成册。诗集中有一首《剪报乐》说的就是这个场景。翻开那一页页的纸张，上面记录的都是父亲的心情。他喜欢用这种方式诠释自己，记录人生旅程，传递恬淡心境。

记忆的时光，一年一月一日交替，如一本翻旧的图书，如一段泛黄的故事。那些烟火缠绕的情意，被安放在深邃的记忆里，阡陌之上斑驳纵横，再不复花瓣落肩的旖旎。岁月清浅，尘世纷繁。不管从容的、琐碎的、喜悦的，将所有的心绪，循着草木生长的间隙，写在清风明月的静寂里，写在花香满径的欢愉里，写在明媚如许的思念里。倘若某天浅浅忆起，就是篆刻在岁月上的禅意。

将所有的沧桑搓成几缕无须羁绊的思绪，缠绕成熟的年轮。年轮总是很轻易地烙下苍老的印记。在混沌的思维中，拂去哲学的临摹，我们变得一贫如洗，唯有不老的传说和没有歌唱的乐音还相伴身边，这就是诗。诗，也是唐朝的一株柳，摇荡在古风河畔；诗，也是宋时的一尾鱼，游弋于清澈柔波；诗，也是元时的一首曲，传诵在天山草原；诗，也是明时的一股风，悠扬在深深胡同。

幼年的时候，对父母只是一种依赖；青年的时候，对父母的感觉其实是想逃离唠叨；只有当生命的太阳走向正午，人生有了春也开始了夏的时候，对父母才有了深刻的理解，深刻的爱。我们也许突然感悟，父母其实是一种岁月，从绿地流向一片森林的岁月，从小溪流向一池深湖的岁月，从明月流向一座冰山的岁月。随着生命的脚步，当我们也以一角尾纹，一缕白发，感受父母额头的皱纹，我们有时竟难以分辨，老了的，究竟是我们的父母，还是我们的岁月？

今天恰巧是六一国际儿童节，我会在刹那间

感到，在父母的眼里，我们其实永远没有摆脱婴儿的感觉，我们永远是父母怀里那个不懂事的孩子，而我就想说：“父亲、母亲，请永永远远都让我们做你们的孩子。”

致谢兄弟姐妹，是你们天天陪伴在父母身边，让父母的晚年充实，有依托。祝福父亲和母亲相守相爱，祝福天下的老人皆健康、长寿。

致谢为了这个集子出版付出辛勤劳动、播洒汗水的所有人，鞠躬！

子：张昕

2016 年 6 月 1 日于北京